www.tredition.de

AF178518

Peter Schmidt

Sneshnoje

Eine Erzählung

In Erinnerung an meine Eltern

Die steile Bergfahrt zum Kehlsteinhaus ist atemberaubend und spektakulär. Laut schwatzend und fotografierend tobt im Bus eine asiatische Reisegruppe. Von der Endstation führt der Weg durch einen feuchten, tropfenden Stollen mitten ins Innere des Berges. Es riecht muffig. Am Ende des Weges wie ein goldener Käfig der blank polierte, mit Messing ausgekleidete Fahrstuhl zur Auffahrt mitten ins Foyer des Teehauses auf dem Gipfel. Das 30 Millionen Reichsmark teure Geburtstagsgeschenk der Partei zum 50. Geburtstag. Doch der Führer liebte das Haus nicht, besuchte es selten, weil er sich dort oben fürchtete. Anfangs vor Blitzschlag. Später vor Bombenangriffen der Alliierten.

Auf der Terrasse kaum freie Plätze. Werner ergattert einen Tisch, setzt sich, bestellt zerstreut, fasziniert von der verschwenderisch schönen Landschaft, dem hinreißenden Panorama, das von der Westwand des Hohen Göll über den Königssee, hinüber zu Watzmann, Hochkalter und Untersberg reicht. Wundert sich, dass die Bergdohlen trotz wenig artgerechter Dauerfütterung durch die Touristen aus aller Herren Länder noch immer im Stande sind, behände Flugmanöver auszuführen.

Wie der Herr mit kleiner, dünner Stimme fragt, ob gegenüber noch Platz sei, schreckt Werner kurz hoch aus seiner Hingabe. Er sah ihn überhaupt nicht kommen. Auch im Bus, im Fahrstuhl oder im Haus selbst ist ihm der Mann nicht aufgefallen. Er sei alleine, haucht der, und einen ganzen Tisch nur für sich wolle er bei diesem Betrieb doch auch nicht beanspruchen. Könne ja auch gar nichts konsumieren, nur ein wenig hier sitzen, wenn´s echt ist. Ab und zu sei er hier oben, die Leute beachteten ihn gar nicht, für die Kellner sei er Luft, was ihm aber nur recht sei. Die Bedienung bringt Werners Bestellung. Seinen Tischgenossen nimmt sie überhaupt nicht wahr.

Werner ist nicht begeistert, den Tisch teilen zu müssen, sieht die Notwendigkeit aber ein und ist erst einmal dankbar, dass der Typ ihm seine Ruhe lässt. Essen und Bergpanorama nehmen ihn wieder ganz in Beschlag. Der Fremde schweigt. Als Werner sich den Mund abwischt, nimmt er, verstohlen hinter der Serviette hervorlugend, den Tischgenossen erstmals genauer in Augenschein. Der ihm da gegenüber sitzt, ist ein älterer Mann. Ein alter Herr, um genau zu sein. Ein wirklich sehr alter Herr mit faltigem, fahlem Gesicht, das schon länger keine Rasur mehr erlebt hat. Die wenigen langen, silbergrauen Haare streng nach hinten gekämmt. Unter einem hellbraunen Blouson ein kleinkariertes Flanellhemd, der oberste Kragenknopf geschlossen. Eine dicke Hornbrille mit starken Gläsern lässt die Augäpfel grotesk übergroß erscheinen und einer Vogelscheuche gleich flattert eine farblich undefinierbare Cordhose um seine Beine. Der Mann ist barfuss, seine Klamotten riechen nach Mottenkugeln. Werner überlegt, ob er dem seltsamen Greis ein Bier, vielleicht etwas zu essen spendieren oder einfach ein paar Münzen zustecken soll.

„Da hinten am Horizont, sehen Sie das?" bricht der unvermittelt sein Schweigen ohne sich von seinem Stuhl zu erheben, zeigt mit der Rechten Richtung Tal „das ist Salzburg und etwas weiter rechts davon, Hallein. Da hat Ilse mich besucht, als ich dort im Lazarett lag. Sommer 1942. Da kannten wir uns schon eineinhalb Jahre. Mein schriftliches Ehrenwort musste ich Ihrer Mutter geben, mich der Tochter gegenüber zurückhaltend und ritterlich zu verhalten, wie es sich für einen Offizier der deutschen Wehrmacht gehöre. Nur dann würde sie ihr die Reise nach Hallein erlauben". Belustigt verzieht er dabei die Mundwinkel, zuckt mit den Schultern. Es löst sich eine Mottenkugelwolke. „Ich will jetzt nicht ins Detail gehen, aber Ilse und ich, wir haben uns damals heimlich verlobt. Später dann auch offiziell. Und im Februar ´43 haben wir geheiratet".

Ist ja eine nette Geschichte, wundert sich Werner, geht mich aber doch eigentlich gar nichts an. Warum erzählt er mir das?

„Kennen gelernt haben wir uns ja schon im Februar ´41", plaudert der Alte weiter. „Wir haben uns sehr geliebt, Ilse und ich, aber oft lange Zeit nicht gesehen. Es war ja Krieg. Den ganzen Winter 41/42 lag ich in Sneshnoje, aber das sagt Ihnen bestimmt nichts. Liegt in der Ukraine und heißt soviel wie „Schneeort". Na, ja, wie der Name schon sagt. Minus 42 Grad. Winterstellung der 4. Gebirgsdivi ...‟ Die letzten Sätze sprudeln richtiggehend aus ihm heraus, als sein Redeschwall jäh unterbrochen wird.

Am Nachbartisch will sich eine Gruppe junger Leute niederlassen. Es fehlen noch Stühle. Ob es ihm etwas ausmache, wenn sie die von seinem Tisch dazu nähmen? Werner hat nichts dagegen. Sie nehmen alle, auch den, auf dem ihm bis eben noch der alte Herr gegenüber saß.

„Hoam′s no an Wunsch"? Werner verneint erschrocken-schroff die Frage der Kellnerin, verlangt die Rechnung, steht auf und geht.

Die skurrile Begegnung mit diesem geheimnisvollen Kauz, der so schnell, wie er auftauchte auch schon wieder verschwunden war, geht ihm den ganzen restlichen Tag nicht aus dem Kopf, verwirrt ihn völlig bis hin zu Zweifeln an seinem Verstand. In der Nacht Gedankenkarussell. Ungehalten über seine Unruhe findet er nicht in den Schlaf. „Was um alles in der Welt beschäftigen mich denn die Jugend- und Kriegserinnerungen, die so ein Methusalem unaufgefordert an mich hinschwätzt", hadert Werner mit sich. Es sind nicht allein die merkwürdigen Umstände der Begegnung mit diesem komischen Tattergreis und sein unerklärliches Verschwinden. Auch nicht dessen Erzählungen. Nur, er kann sich keinen Reim darauf machen. Beschreiben könnte er den Mann allerdings genau, seltsamerweise, wie ihm jetzt erst auffällt, mit Details, die bei näherer Betrachtung unmöglich aus der kurzen Begegnung auf dem Berg stammen können. Je länger er darüber nachgrübelt, desto weniger könnte er beschwören, dem Mann noch nie zuvor begegnet zu sein. Woher dieses eigentümliche Gefühl von Vertrautheit mit einem Fremden, der ihn im gleichen Augenblick durch sein Äußeres abstößt?

Erschöpft schläft er gegen Morgen ein.

Im Traum begegnet ihm eine hübsche, junge Frau, etwa Anfang Zwanzig. Sie trägt das gescheitelte, schwarze Haar nach hinten zu einem Knoten zusammen gebunden und blickt ihn mit leichtem Silberblick aus dunklen Augen an. Der Traum spielt mitten in Freiburg, wo sie einander über den Weg laufen. Die junge Frau erzählt Werner sehr vertraulich, als kenne man sich schon länger, dass sie zusammen mit ihrer Schwester bei der verwitweten Mutter lebe. Sie heiße Ilse, sei die ältere der beiden Schwestern und frisch examinierte Kinderpflegerin. Weniger ihr Äußeres als vielmehr ihre warme Stimme und die Art zu sprechen kommt Werner bekannt vor, als sie ihm hinter vorgehaltener Hand geheimnisvoll und voller Stolz zuflüstert: „Bin seit kurzem verlobt!". Werner ist diese Intimität fast ein wenig peinlich, weil er gar nicht weiß, wie er darauf reagieren soll. Warum nur erzählen mir Unbekannte unaufgefordert plötzlich die persönlichsten Dinge, wundert sich der Schläfer. „*Ilsebilse, niemand will'se, kommt der Koch, nimmt sie doch, steckt sie in das Ofenloch*" beginnt der Traum plötzlich herum zu albern und verabschiedet sich grob aus dem mühsam erkämpften Schlaf.

Noch im Halbschlaf und trotz pochender Kopfschmerzen bedrängt Werner der Gedanke, nach Hallein radeln zu sollen. Es sei ein sehenswertes Städtchen, hatte er gelesen. Der Alte gestern hat es ihm ja vom Berg aus gezeigt. Wenn er bald los führe, schätzt Werner, könne er noch vor Mittag dort sein. Der Fahrtwind verbläst seine Traumfetzen in die üppigen Wiesen, die den Fluss begleiten. Seine Kopfschmerzen bessern sich von Kilometer zu Kilometer. Nur der rhythmische Tritt in die Pedale hämmert im Takt den nächtlichen Ohrwurm: „*Ilsebilse, niemand will se, kommt der Koch...*" Blitzschnell reißt er den Lenker herum. Gerade noch mal gut gegangen. Fast hätte er die Katze erwischt, die wie ein Pfeil aus dem hohen Gras über den Radweg schießt.

Gegenüber der Alten Saline macht er auf einer freien Parkbank Rast. Wie er sich setzen will, vernimmt er ein gequältes „Autsch, passen Sie doch auf!". Ohne Zweifel, es ist die Stimme vom Vortag. Auch der Mottenkugelmief ist wieder da. Vorsichtig setzt sich Werner an den äußersten Rand der Bank. „Habe schon eine ganze Weile auf Sie gewartet" nölt die Stimme, „wir wurden gestern ja so rüde unterbrochen, konnten uns noch nicht einmal ordentlich voneinander verabschieden. Ich habe ja noch längst nicht alles erzählt - aber vielleicht interessieren Sie meine alten

Geschichten ja auch gar nicht". Werner widerspricht umgehend. Natürlich interessiere es ihn. Und jetzt, wo der Alte unverhofft wieder aufgetaucht ist, will er alles tun, um ihn im Gespräch zu halten. Vielleicht bringt das ja Orientierung in seine Verwirrung und Unwissenheit über jene Zeit, über die er früher von seinen Eltern nur das Nötigste erfuhr.

„Ist ja alles schon so lange her", nimmt der Alte den Gesprächsfaden wieder auf. „Heute habe ich keine Skrupel mehr, offen darüber zu sprechen. Doch damals, in den ersten Nachkriegsjahren, konnte auch ich nichts erzählen von der ganzen Scheiße, die wir durchgemacht haben. Rückblickend würde ich sagen, dass ich mich einfach geschämt habe. Den meisten meiner Generation ist das wohl so gegangen. Das hat uns zu Weltmeistern der Verdrängung gemacht. Wollten nur noch nach vorne schauen, die Vergangenheit vergessen und möglichst totschweigen.

Ein Ding der Unmöglichkeit"!

Werner zuckt zusammen. Diese letzte, kurze Floskel hatte er schon lange nicht mehr gehört.

„Als sie älter wurden", schnarrte die Stimme weiter, „hatte ich dermaßen Schiss, mich vor meinen Söhnen erklären, am Ende sogar noch rechtfertigen zu müssen. Besonders quälend war es für Ilse und mich, wenn sie fragten, warum wir das alles mitgemacht und uns nicht gewehrt haben. Dann, ich gebe es zu, dann habe ich meistens gekniffen und das Thema beendet", gesteht der alte Mann freimütig. „Ich redete mir immer ein, sie würden es doch nicht verstehen können oder wollen. Im Grunde bin ich mein unbegründet schlechtes Gewissen ihnen gegenüber nie losgeworden.

Am meisten habe ich mich über mich selbst geärgert, etwa, dass ich meinen Jüngsten nicht stärker unterstützt habe, als er sich geweigert hat, Soldat zu werden. Über 25 Jahre nach Kriegsende war das, Anfang der 70er Jahre, und ich habe mich damals immer noch nicht getraut, das müssen Sie mir einfach glauben, auch wenn Sie es vielleicht nicht verstehen", stößt der Alte aufgebracht hervor.

„Über 25 Jahre nach Kriegsende"! wiederholt er mit sarkastischem Unterton. „Unfassbar, ich weiß. War der festen Überzeugung, für meine beiden Söhne zusammen genug Krieg mitgemacht zu haben und hielt das für Unterstützung genug. Warum war ich damals nicht mutiger? Warum bin ich nie auf die Idee gekommen, sie könnten mein Schweigen als Schuldeingeständnis auffassen? Warum habe ich mich so schwer damit getan, auch einmal Gefühle wie Reue oder Schwäche zu zeigen? Kann eigentlich noch von Glück sagen, dass sie mir das nicht nachgetragen haben", seufzt der alte Mann betrübt.

„Und viel später, warum haben Sie sich da nicht mit ihnen ausgesprochen", hakt Werner nach und spürt an der Vibration der Bank, wie der Greis neben ihm nervös hin und her rutscht.

Aber er antwortet nicht.

Eine junge Frau mit Kinderwagen nähert sich Werners Bank, will offenbar neben ihm Platz nehmen. Er wedelt mit beiden Armen, ruft ihr zu, die ganze Bank sei besetzt, seine Freunde kämen gleich. Um seine Worte zu untermauern, wirft er seinen Rucksack neben sich auf die Bank. Der Greis stöhnt hörbar. Mit vorwurfsvollem Blick schiebt die Frau vorbei.

Nach einer unglaublich langen Pause, in der Werner unsicher ist, ob er noch neben ihm sitzt, ergreift der Alte wieder das Wort.

„Sie dürfen eben Eines nicht vergessen - wir waren alle traumatisiert".

„Aber so erzählen Sie doch jetzt", drängt Werner und schaut nervös auf die Passanten, die, wie sie ihn so allein auf der Bank sitzen sehen, bestimmt glauben, er führe Selbstgespräche, telefoniere oder sei nicht ganz richtig im Kopf.

„Wo soll ich denn nur anfangen" sinniert die Stimme, während Werner noch über den Satz nachdenkt, mit dem der Alte das Gespräch wieder aufgenommen hat. Diese mit Nachdruck formulierte Aufforderung, er dürfe Eines nicht vergessen. Wie oft hat er das als Jugendlicher vom eigenen Vater gehört. Wie quälend oft. Dieses, alle seine vorgebrachten Einwände klein machende, patriarchalische Totschlagargument, dieser autoritäre Schlusspunkt jeglicher Diskussion zwischen Vater und Sohn.

Er ist von dieser Bemerkung so gefangen, dass ihm fast entgeht, dass die Stimme schon längst begonnen hat, weiter zu erzählen.

„Ja, du hast recht, ich hätte offen bekennen sollen, wie schändlich ich es heute finde, dass wir, als wir anfangs in Polen, Jugoslawien und Griechenland einmarschiert sind und auch später noch fast alle an die ganzen hohlen Parolen geglaubt haben: an das *Volk ohne Raum*, an die *Eroberung von neuem Lebensraum im Osten,* die angebliche *Überlegenheit der arischen Rasse* und die *Minderwertigkeit des Judentums,* an den Auftrag zur *Vernichtung des Bolschewismus* und so fort. Dass wir uns viel zu wenig Gedanken gemacht haben. Menschen gefangen oder getötet haben, die sich uns entgegen stellten.

Ich selbst habe sie in meinen Tagebüchern als Partisanen bezeichnet. War überzeugt davon, dass sie unsere Feinde seien. Dabei waren doch wir es, die in deren Heimat eingefallen sind, ihre Häuser beschossen, angezündet, Brücken, Fabriken und Felder zerstört haben".

Werner vernimmt ein ergriffenes Schlucken neben sich. Tastet nach der Stelle, an der er die Hand des Alten vermutet, will ihm sagen, dass er nichts dagegen hat, dass der ihn Duze.

Aber er ist weg.

So, wie die beiden da drüben, auf dem Uferweg der Salzach, eng umschlungen und einander unablässig erzählend, so stellt er sich den damals noch jungen Mann und seine Ilse vor, wie sie im Herbst 1941 hier entlang gegangen sein könnten. Er in Uniform, hager, blass und immer noch von der Gelbsucht geschwächt, sie im luftigen Sommerkleidchen. Worüber sie wohl gesprochen haben, außer über ihre noch junge Liebe? Kann man überhaupt Gefühle und Gedanken der Liebe haben, wenn man gerade von der

Front kommt? Oder vielleicht gerade dann besonders? Was hat der junge Offizier seinem Mädchen wohl von seinen Erlebnissen erzählt? Hat er ihr die grausamen Dinge verschwiegen, die Entbehrungen und Gefahren, die er durchlebt und überstanden hat? Hat er erzählt, dass und wie Kameraden gefallen sind? Haben sie beide damals wirklich an den *Endsieg* geglaubt oder vielleicht Witze darüber gemacht? Wie haben sie sich die Zukunft und vor allem ihre gemeinsame Zukunft vorgestellt?

Der Radweg stadtauswärts ist leicht abschüssig. Werner braucht kaum zu treten, das Rad rollt fast von alleine. „Siehst du die beiden da drüben" kommt unvermittelt die Stimme von hinten, gerade so, als säße ihr Eigentümer auf dem Gepäckträger. Werner bremst und steigt aus den Pedalen. „So sind Ilse und ich oft am Fluss spazieren gegangen und haben einander erzählt. Ich hatte ja nur begrenzten Freigang aus dem Lazarett und traf mich mit ihr meist nachmittags. Sie wohnte in einer Pension am Ortsrand, da drüben, ein Stück hinter der Brücke". Offenbar dreht Werners Mitfahrer den ausgestreckten Arm zur Seite, verströmt dabei wieder diesen unverkennbaren Mottenkugelgeruch. „Manchmal sind wir auch irgendwo eingekehrt. Sie war mächtig stolz auf meine schicke Offiziersuniform, mein EK I und die Mütze mit dem Edelweiß-Abzeichen der Gebirgsjäger. Ich weiß noch genau, wie erstaunt sie war, als ich ihr erzählte, wie wir beim Vormarsch und an der Front oft tagelang dreckig, verlaust und primitiv leben müssen. Und nur mit Glück vielleicht einmal in Heuschobern übernachten können, oft aber im Freien unter den Geschützlafetten oder den Fahrzeugen. Vom Winter in Sneshnoje kannte sie nur die wenigen Fotos, die Kameraden von mir im und vor dem Bunker gemacht hatten und staunte über die Schneemassen, die sich davor türmten. Was das aber tatsächlich für uns Landser bedeutete, davon hatte sie keine, oder ganz falsche Vorstellungen".

„Wahrscheinlich möchtest du, dass ich jetzt absteige",
witzelt der Alte, als sie den Uferradweg verlassen und die
Böschung hinauf radeln. "Aber das wird gar nichts nützen.
du würdest es nicht einmal spüren" kommt es kichernd von
hinten während Werner tief in die Pedale steigt.

Keuchend will er wissen, was der Alte ihr damals denn
alles nicht erzählt hat.

„Nun, sie war ein frisches, unverdorbenes, zuweilen vielleicht etwas naives Mädel, meine Ilse", schwelgt jetzt der
blinde Passagier. „Wie fast alle Menschen in der Heimat
konnte sie ein echtes Bild vom tatsächlichen Kriegsgesche-
hen ja auch gar nicht haben. Woher denn auch. Was man
zuhause vom heldenhaften Krieg wissen sollte, zeigten die
Wochenschauen im Kino. Und die feierten einen Blitzkrieg
nach dem anderen, reihten Sieg an Sieg. Gestorben wurde
dort fast nur beim Feind. Aber das war nicht die Wahrheit.
Wie oft musste ich als Batteriechef Trauerbriefe an die Hin-
terbliebenen der gefallenen Kameraden meiner Einheit

schreiben. Aber das verschwieg ich Ilse natürlich. Ich wollte doch nicht, dass sie sich Sorgen macht. Keiner von den Frontsoldaten konnte es den Angehörigen daheim verübeln, dass man zuhause unverbrüchlich an den Endsieg glaubte. Selbst wir an der Front taten das ja lange Zeit.

Als Hitler Marschbefehl gegen Russland gab, kamen mir allerdings erste Bedenken. Aber was sollte man tun als Frontsoldat und Vorgesetzter? Als Soldat hatte man schließlich einen Eid geleistet. Mit Ilse habe ich über so etwas nicht gesprochen. Beide waren wir doch in diesem System aufgewachsen und erzogen worden, sie im BDM und beim Arbeitsdienst. Und ich war gerade mal zwanzig und fertig mit meiner Elektrikerlehre, als Hitler 1935 die allgemeine Wehrpflicht eingeführt hat. Ich weiß noch gut, dass meine Mutter gehofft hatte, man würde mich bei der Musterung nicht nehmen. Aber um ehrlich zu sein, ich war damals nicht abgeneigt von zuhause weg zu kommen aus der Obhut von Mutter und Schwester.

Zu der Zeit war ja auch noch kein Krieg. Die Ausbildung bei der Wehrmacht hat mich damals gereizt, Lehrgänge und Fortbildungen und die Möglichkeit persönlich weiter zu kommen. Das will man doch als junger Mensch heute auch. Außerdem bin ich viel im ganzen Reich herum gekommen".

Wahrscheinlich erwartet der Alte jetzt eine Reaktion von Werner, vielleicht eine Art Zustimmung. Aber der ist völlig außer Atem und weiß nicht so recht, was er sagen soll.

Mit pochenden Schläfen steigt er vom Rad. Der Geruch verrät, dass sein Begleiter noch immer zugegen ist. Er lädt ihn ein, mit ihm im Heu zu rasten unter blauem Himmel durchsetzt mit Herden von Schönwetterwolken.

Bereits nach kurzer Zeit schnarcht der Alte. Als Werner niesen muss, ist sein Begleiter sofort hellwach und wohl schlagartig aufgesprungen. „So einen Mist lernst du im

Krieg", spöttelt der alte Kämpfer. „Ist überlebenswichtig und bleibt dir für immer".

„Sagen Sie mal", wechselt Werner das Thema und setzt sich auf. „Als Sie damals in Hallein im Lazarett waren, da konnten Sie doch direkt zum Obersalzberg sehen. Haben Sie da nicht öfters mit Groll und Verbitterung hinüber geschaut und denjenigen verflucht, der droben auf dem Berg hockte und von dort aus diesen verheerenden Krieg angezettelt hat"?

Werner bemerkt ein aufgeregtes Rascheln im Heu. Mit trockenem Hüsteln meldet sich dann, über die Maßen aufgebracht, die Stimme wieder.

„Was für eine blöde Frage! Damals doch nicht! Dass der Führer zeitweise da wohnt, das war ja nun allgemein bekannt. Der Obersalzberg war damals schon fast so was wie ein touristischer Anziehungspunkt. Da gab es sogar organisierte Bustouren von München aus und oft pilgerten HJ- oder BDM-Gruppen dorthin. Hohe Staatsgäste wurden auf dem Berg empfangen. Auch Göring, Speer und Bormann hatten dort ihre Häuser. Damals galt Hitler doch noch unangefochten als der größte Feldherr aller Zeiten. Du darfst nicht vergessen, wie reibungslos 1938 die Einverleibung des Sudetenlandes, der Anschluss Österreichs, wie flugs wenig später die Feldzüge gegen Frankreich und Polen verlaufen waren, wie lange er England hinhalten konnte, wie er Seite an Seite mit dem Duce dem Bolschewismus die Stirn bot. Was hätten wir denn damals an ihm zweifeln sollen?

Dieses altkluge Geschwätz von euch Nachgeborenen. Ja, in der Rückschau ist man natürlich klüger. Aber damals! Jahrelang hat man uns doch in der Schule von der *Demütigung von Versailles* erzählt, Antisemitismus und Antibolschewismus eingetrichtert, wie auch die aberwitzige Vorstellung, Frankreich und Russland seien unsere natürlichen Erzfeinde. Wenn Du als junger Mensch nichts anderes hörst, dann glaubst Du das.

Ihr heute, ihr habt gut reden"!

Der alte Zausel ist richtig aufgebracht und offenbar schon wieder über alle Berge. Als Werner sich wieder auf sein Rad setzt, um in seine Pension zu fahren, ist der Mottenkugelgeruch verflogen.

Wieder daheim, schwärmt Werner begeistert von seinem Sommerurlaub im Berchtesgadener Land, von der Landschaft und den netten Leuten, die er dort getroffen hat.

Die Begegnungen mit dem Mottenkugelgreis behält er allerdings für sich. Man könnte an seinem Verstand zweifeln, befürchtet er. Vielleicht hat er sich alles nur eingebildet, weil er überarbeitet und abgespannt gewesen war.

Monate später erreicht ihn die Nachricht vom Tod seiner hochbetagten Tante, der jüngsten Schwester seines Vaters. Noch vor den Weihnachtsfeiertagen bekommt er aus ihrem Nachlass ein Paket.

Mit Zeitungspapier ausgestopft, enthält es Fotoalben, lose, winzig kleine schwarz-weiß Fotos und mehrere Taschenkalender aus den Jahren 1940 bis 1945. Was soll ich denn mit den alten Sachen von der Tante, denkt er missmutig und stopft den gesamten Inhalt mitsamt der Polsterung aus Zeitungspapier wieder zurück in den Karton.

Da fällt sein Blick auf die fette Schlagzeile der obersten Zeitungslage:

FLUG MH17 VON SNESHNOJE AUS ABGE-
SCHOSSEN?

Obwohl der Abschuss der malaysischen Linienmaschine längst keine Neuigkeit mehr für ihn ist, streicht Werner behutsam die zerknüllte Zeitungsseite wieder glatt, liest weiter. Da ist er wieder, dieser Name, den der Alte im Sommer mehrfach erwähnt hatte: Sneshnoje.

Aufgeregt stülpt Werner den Karton erneut um. Sein gesamter Inhalt fällt heraus, liegt jetzt verstreut am Boden. Auf den Fotos sind Massen von Schnee zu sehen. Auf einem blinzelt ein Soldat unter seiner Feldmütze hinauf in den Himmel mitten hinein in die Sonne. Er trägt einen dicken Mantel aus Schaffell über der Uniform, hat beide

Hände in den Taschen vergraben und eine Shag-Pfeife im Mund. *Sneshnoje, Winter 1941/42* steht auf der Rückseite und in Großbuchstaben: *Reinhard*.

Die Handschrift kommt ihm bekannt vor. Sie ähnelt der Unterschrift in seinen alten Zeugnisheften, erinnert sich Werner.

Fieberhaft kramt er die Hefte hervor und vergleicht.

Als er plötzlich ganz verhaltenen Mottenkugelgeruch wahrzunehmen meint, tritt ihm der Schweiß auf die Stirn. Überwältigend nah sind alle Erinnerungen an die Begegnung mit dem Alten vom Sommer und Gewissheit macht sich schlagartig breit. „Aber das kann doch gar nicht sein", stammelt Werner ungläubig vor sich hin, wischt sich mit dem Hemdsärmel über die Stirn und fürchtet, nun vollends Opfer einer wahnhaften Idee geworden zu sein.

Er holt tief Luft, vergleicht erneut. Kein Zweifel: das sind die Sachen seines Vaters. Hundert Jahre alt wäre er jetzt, wenn er es denn erlebt hätte.

Mühsam kämpft Werner sich über die Feiertage weiter durch den hinterlassenen Inhalt des Pakets und sagt alle Verabredungen ab, die er schon vor Wochen mit Freunden für die vermeintlich besinnliche Zeit zwischen den Jahren getroffen hatte. Auch für Schlaf ist jetzt wenig Zeit.

Er ist völlig fixiert auf die klitzeklein mit spitzem Bleistift geschriebenen Eintragungen in den Taschenkalendern. Immer öfter nickt er kurz ein über der kniffeligen Lektüre. Die Schriftstücke mit ihrer altertümlichen Schrift sind für ihn kaum zu entziffern. Ab Herbst 1941 bis Mitte 1942 taucht der Name Sneshnoje sehr häufig und dann in ununterbrochener Folge auf.

Sagte der schrullige Alte nicht, er habe im Winterquartier in Sneshnoje gelegen? Immer wieder die Eintragung *Bunker. Unerträgliche Kälte*. Am oberen Rand im Dezember die Notiz: *Beethoven, Violinkonzert D-Dur, Nr. 61*. Werner kennt und liebt Beethovens einziges Konzert für Violine und Orchester und beeilt sich, die CD aufzulegen. Schon bei den ersten Takten erfüllt strenger Mottenkugelgeruch das Zimmer.

„Hast du das Weihnachten 1941 im Bunker gehört"? fragt Werner aufs Gratewohl in den Raum hinein, erhält aber keine Antwort. Kurz nach dem Einsetzen des Violinsolos, dreht er den Kopf in die Richtung aus der er jetzt leises Schniefen vernimmt. Da sitzt er, der Alte, in gleicher Montur, wie er sie auch schon im Sommer trug. Mitten auf dem Sofa, die Ellenbogen auf die Knie gestützt, den Kopf gesenkt zwischen den knochigen Händen. Werner eilt hinüber, um seinen längst verstorbenen Vater in die Arme schließen. Doch er kann ihn zwar umfangen aber nicht spüren. Dafür umso deutlicher riechen.

Als Väterchen dann mit zittriger Stimme zu sprechen beginnt, läuft es Werner eiskalt über den Rücken.

"Kannst du dir vorstellen, was diese Musik mit dir macht, wenn du an Heiligabend daran denkst, wie deine Lieben jetzt zuhause in der Stube unterm Weihnachtsbaum sitzen und du, bei minus 30 Grad, irgendwo zwischen Bergen von Schnee in der Ostukraine im Bunker hockst und nie weißt, ob der Feind nicht in der nächsten Minute wieder anfängt, die Stellung anzugreifen? Ein Scheißgefühl ist das, das kannst du mir glauben. Ob ich jemals wieder zuhause, in einem warmen, eleganten Konzertsaal diese wunderschöne Musik würde genießen dürfen, das schien mir damals alles andere als wahrscheinlich".

Werner gleitet sachte neben ihn aufs Sofa. Zusammen blättern sie im Kalender von 1942. Immer wieder der Name Sneshnoje.

Am 22. Februar 1942 der Eintrag: *Jahrestag Ilse.*

„Siehst du , da kannten wir uns gerade ein Jahr, Ilse und ich". Um letzte Sicherheit zu erlangen, fragt Werner listig zurück, wo sie sich denn kennen gelernt hätten, mitten im Krieg. Seine Mutter hatte ihm diese Geschichte schon hundertmal und immer wieder mit glänzenden Augen erzählt.

„Im Freiburger Stadttheater sind wir einander in der Pause begegnet" beantwortet Reinhard die Frage wahrheitsgemäß. „Ich solo und vorschriftsmäßig in Ausgehuniform. Sie am Arm einer Freundin. Ich bin nicht im Strom der Theaterbesucher flaniert, sondern genau entgegengesetzt. So konnte ich die Mädels immer von vorne sehen. Und Ilse war die Schönste. Für mich jedenfalls. Hab dann am nächsten Tag ein großes Blumenbukett geschickt. So fing alles an.

Damals war ich auf der Offiziersanwärterschule, mal in Jüterbog, mal in Landsberg. Dazwischen hatte ich immer wieder ein paar Tage Urlaub und konnte Ilse in Freiburg treffen. Dann, Mitte ´41 wurde es ernst, ich kam auf den Balkan. Dort bekamen wir es mit erbittertem Widerstand der dortigen Bevölkerung zu tun, die sich im Partisanenkampf den deutschen Truppen entgegen stellte.

Und als Hitler am 22. Juni 1941 Russland den Krieg erklärte - da schau, da hab ich es vermerkt, weil ich es nicht für möglich gehalten hatte -", sagt er und tippt auf den vergilbten Rand des Kalenders, „da ging es über Polen und Griechenland immer weiter nach Osten. Anfangs ohne wirklich nennenswerte Verluste an Menschen und Material bis hinein in die Ukraine und an den Kaukasus. Dort allerdings stießen wir auf zunehmende Gegenwehr des Gegners. Doch dann setzte der russische Winter ein und an weiteren Vormarsch war nicht mehr zu denken. Meine Division bezog in Sneshnoje Winterquartier, igelte sich ein und wartete auf den Frühling".

„Und wie muss ich mir das vorstellen, was habt ihr denn da die ganzen Monate gemacht? Für die Russen waren die Bedingungen ja genauso schlecht wie für euch", insistiert Werner. „Ich bin mir sicher", sagt Reinhard nachdenklich, „denen ging es noch dreckiger, als uns. Manchmal kam es vor, dass sie aus heiterem Himmel ein paar Granaten auf unsere Stellungen abschossen, dann war es tagelang wieder ruhig. Mehrmals habe ich es erlebt, dass sie Lautsprecherwagen auffuhren, versuchten, uns mit deutscher Marschmusik und Soldatenliedern zu demoralisieren und in deutscher Sprache aufforderten, zu kapitulieren. Auf jeden Fall haben sie alles versucht, den Eindruck zu erwecken, sie seien kampfbereit und auf der Hut. Einmal wurde einer ihrer Meldegänger erwischt und auf der Stelle erschossen. An seiner Kleidung und Ausrüstung konnte man deutlich sehen, wie lausig es denen auf der anderen Seite wirklich ging.

Uns versuchte man vor allem mit Frontkino bei Laune zu halten. Das war immer eine willkommene Abwechslung und einen Eintrag im Notizbuch wert. Hier zum Beispiel: 28.Februar: Kino: Aufruhr im Damenstift. Und da, 6. März: Film: Wunschkonzert.“

„Au backe, den kenne ich“, platzt Werner laut heraus, „NS-Propagandafilm erster Güte! Als Liebesfilm getarnt! Hauptrolle: Ilse Werner“.

„Ja, genau, woher kennst denn du die?“ stutzt Reinhard.

„Hab den Film vor Jahren mal gesehen“ erklärt Werner. „Sie spielte doch das Mädchen, das in der Heimat dem Frontsoldaten die unerschütterliche Treue hält. Stimmt es

denn, dass sie sich deswegen inoffiziell auch den Spottna-
men *Durchhaltemieze* eingefangen hat"?

„Ja schon", bekennt Reinhard, „wir, an der Front, haben
auch manchmal Witze darüber gemacht. Meist hinter vorgehaltener Hand und nur gegenüber Kameraden, denen du
vertrauen konntest. Aber davon einmal abgesehen, diese
Ilse Werner war schon ein Klasseweib", schwärmt das
schrullige Väterchen, „und dann auch noch diese Namens-
gleichheit mit meinem Mädchen zuhause! Dass wir einmal
einen Sohn haben würden, der Werner heißen sollte, daran
hab zumindest ich damals noch nicht einmal im Traum ge-
dacht"!

Mit belegter Stimme fügt er nach einer langen Pause
hinzu „aber weißt du , gerade in solchen Momenten sind
Heimweh und Mutlosigkeit oft noch größer als sonst. Da
warst Du schon fast wieder froh, wenn der Iwan irgendein
Scharmützel anzettelte, das brachte einen schlagartig wieder auf andere Gedanken. Und dann war endlich auch mal

Zeit, Briefe zu schreiben. Da schau, überall, wo ich ein „*I*„ mit einer Zahl eingetragen habe, das waren die Tage, an denen ich Ilse geschrieben habe. Wir haben unsere Briefe stets nummeriert und in der Antwort jedes Mal diese Nummer vermerkt. So wussten wir immer genau, welchen Brief mit welcher Information der andere erhalten hatte. Denn manchmal überschnitten sich die Briefe, ging Feldpost verloren oder konnte nur mit großem zeitlichen Verzug zugestellt werden".

Mutter hatte Werner nach Vaters Tod oft von diesen Zeiten erzählt, wollte sogar, dass er Vaters Briefe von der Front lese, die sie alle in einem Schuhkarton aufbewahrt hatte. „Da kannst Du Deinen Vater mal von einer ganz anderen Seite kennenlernen" hatte sie ihn bedrängt und konnte es einfach nicht verstehen, warum er sich weigerte, die Briefe zu lesen. Sie waren, davon ließ er sich einfach nicht abbringen, ausschließlich an seine Mutter gerichtet und gingen folglich niemand anderen etwas an. Auch ihn nicht. Weil er vermeiden wollte, dass sie nach Mutters Tod in falsche Hände gerieten, verbrannte er sie ungelesen.

„Warum hast du mir früher eigentlich von deiner Zeit im Krieg fast gar nichts erzählt"?, versucht Werner seinen Vater aus der Reserve zu locken.

Doch der tut so, als habe er die Frage nicht gehört.

„Als es Sommer wurde, hinderten uns zuerst Dreck und Matsch an weiteren Vorstößen" fährt er unbeirrt fort. „Es wurde unerträglich staubig und heiß. Krankheiten grassierten und als es im August auch mich erwischt hat, wurde ich zunächst von einem ins nächste provisorische Feldlazarett hinter die Linien verlegt und schließlich Anfang September mit einer Ju 52 nach Taganrog am Assowschen Meer ausgeflogen. Von dort ging es tagelang mit dem Zug zurück in Richtung Heimat. Über Wien kam ich dann Wochen später ins Lazarett nach Hallein. Und den Rest der Geschichte kennst Du ja".

„Sind es vielleicht Bilder wie diese", kommt Werner hartnäckig auf seine Frage zurück und schlägt eines der Alben auf. Mehrere Fotos zeigen verkohlte Leichen vor einem zerschossenen Panzer, das Wrack eines abgeschossenen russischen Jagdflugzeugs. Auf anderen sind mehrere frische Gräber mit Kreuzen aus Birkenstämmchen und einem Stahlhelm darauf zu sehen. „Und hier, die Bleistiftkreuze vor den Namen Gefallener in Deinem Notizbuch, oder ganz hinten, auf der letzten Seite, die penible Auflistung der Munition, die deine Einheit verschossen hat.

Jedes dieser Bilder, jede noch so kurze Notiz erzählt doch eine Geschichte. Möchtest du mir denn dazu gar nichts sagen"?

Sein eisiges Schweigen bringt Werner in Rage.

„Kannst du dir eigentlich vorstellen", bricht es aus ihm heraus, „wie oft ich mir diese eine Frage gestellt habe, welche Rolle mein eigener Vater damals wohl gespielt hat? War er vielleicht an irgendwelchen schlimmen Dingen beteiligt, hat Menschenleben auf dem Gewissen? Das ging manchmal sogar soweit, dass ich dir insgeheim bösartig unterstellt

habe, es müsse offenbar triftige Gründe für deine Ver-
schlossenheit geben. Und dann gab es Zeiten, da habe ich
mich wegen meiner Unterstellungen fürchterlich geschämt
.

Als dann die unrühmliche Vergangenheit zahlreicher be-
kannter Persönlichkeiten nach und nach ans Licht kam, be-
schlichen mich manchmal erneut Zweifel. Etwa an deiner
wiederholten Aussage, nie in der NSDAP gewesen zu sein.
Eine Zeitlang konnte ich mir gar nicht vorstellen, dass es
überhaupt möglich gewesen sein sollte, ohne Parteimit-
gliedschaft Offizier der Wehrmacht zu werden. Wenigstens
weiß ich heute, dass insbesondere viele Offiziere gar keine
Parteimitglieder waren. Kann es mir bei dir auch bis heute
nicht vorstellen, dass du mit den Nazis was am Hut hat-
test".

Zu Werners Erstaunen bleibt der Vater trotz aller An-
würfe völlig ruhig, kreuzt die Arme über der Brust und

schaut stumm an die Zimmerdecke während es in Werner kocht und brodelt.

„Warum glaubst du, bin ich hier", meldet sich Reinhard nach einer Weile mit klarer, nachdrücklicher Stimme zu Wort. „Es könnte mir doch egal sein, was du oder andere über mich denken oder mutmaßen. Ist es mir aber nicht. Ganz und gar nicht. Mindestens genauso wenig, wie es dir nicht egal ist.

Und warum ist das so? Weil ich nichts zu verbergen habe und weil es mir wichtig ist, dass du das weißt. Wo ich es schon nicht fertig gebracht habe, es dir noch zu Lebzeiten zu sagen. Ich mache mir seither Vorwürfe, mich dir gegenüber zu diesen Fragen so verschwiegen verhalten zu haben, wie ich es tat. Dass du glauben musstest, ich hätte etwas zu verbergen, darauf hätte ich schon damals selbst kommen müssen. Auch das werfe ich mir heute vor.

Und so habe ich all die Jahre keine Ruhe gefunden, wie auch du keine finden konntest.

Deshalb bin ich noch einmal zurück gekommen.

Dich aufzuspüren, war für mich nicht schwer. Den geeigneten Augenblick für eine Begegnung zu finden, aber schon. Dass du mich auf der Terrasse des Kehlsteinhauses als einziger überhaupt wahrgenommen hast, war für mich sicheres Zeichen, dass nur du es sein kannst, der da sitzt. Denn jemand, der nur mit den Augen, nicht aber mit dem Herzen sieht, kann mich gar nicht erkennen".

„Höchstens mit der Nase"! flachst Werner. „Deine Klamotten müffeln ja dermaßen nach Mottenkugeln, daran habe ich dich schon im Sommer immer erkannt".

„Ach wirklich", räuspert sich Reinhard verlegen. „Weißt du, ich rieche das schon lange nicht mehr.

Du darfst Eines nicht vergessen: ich bin schon über dreißig Jahre tot!

Diesen Geruch kriege ich nicht mehr los, drum lass ihn doch auch künftig unser Erkennungszeichen sein. Ich möchte mich nämlich jetzt verabschieden. Normalerweise liege ich ja den lieben langen Tag, da strengen mich solche Extratouren kolossal an.

Aber wenn du es wünschst, werde ich kommen und da sein, sooft und solange du willst.

Beethoven, Violinkonzert. Du weißt schon".

Zeitfracht Medien GmbH
Ferdinand-Jühlke-Straße 7
99095 Erfurt, Deutschland
produktsicherheit@kolibri360.de